CAWL CYNNEN

ELGAN PHILIP DAVIES

Darluniau gan Jac Jones

CYMDEITHAS LYFRAU CEREDIGION GYF.

Argraffiad cyntaf: Tachwedd 1997

ISBN 0 948930 64 0

Dychmygol yw holl gymeriadau a digwyddiadau'r nofel hon.

Dymuna'r cyhoeddwyr gydnabod cymorth
Adrannau Cyngor Llyfrau Cymru.

Cysodwyd ac argraffwyd gan Wasg Gomer,
Llandysul, Ceredigion SA44 4BQ

Cyhoeddwyd gan Gymdeithas Lyfrau Ceredigion Gyf.,
Llawr Uchaf, Bryn Awel, Y Stryd Fawr, Aberystwyth SY23 1DR

PENNOD 1

'O, daro!' meddai Bethan, yn grac gyda'i hunan a chyda ruban ei het Gymreig. 'Nei di glymu hwn i fi, Carys?'

'Pam na alli di'i glymu fe dy hunan?' meddai Carys yn ddiamynedd.

'Mae'n anodd clymu dolen dan fy ngên,' meddai Bethan yn amddiffynnol. 'Ac os nad yw'r ruban yn ca'l ei glymu'n iawn mae'n datod drwy'r amser.'

‘O, o’r gore,’ meddai Carys, gan gydio yn y ddau ruban. ‘Ddylet ti ga’l felcro, yr un peth â fi.’

‘Felcro?’ gofynnodd Bethan yn syn.

‘Ie. Ro’dd ruban fy het inne’n agor o hyd tan i Mam wnïo stribyn o felcro arno fe. Os yw e’n agor nawr, dwi’n gallu ei gau e’n hawdd.’

Roedd hi’n nodweddiadol o Carys mai felcro oedd ganddi i gau ei het. Ond teimlai Bethan, a oedd yn hoffi cael dolen fawr o dan ei gên, nad oedd felcro a het Gymreig yn mynd gyda’i gilydd, rywsut. Ond ni ddywedodd hynny wrth Carys rhag ofn iddi bwdu a gwrthod clymu’r ruban.

Dydd Gŵyl Dewi oedd un o hoff ddyddiau Bethan. Roedd hi wrth ei bodd yn gwisgo i fyny ar unrhyw adeg, ond roedd gwisgo’r wisg Gymreig yn wahanol, yn bwysicach. Bob tro y gwisgai’r betgwn am ei chanol a thynnu’r siôl am ei hysgwyddau fe deimlai ei bod yn agos iawn at y bobl a oedd wedi byw yn yr hen amser.

Daeth Nicola, Iola, Mair ac Anwen i mewn i’r ystafell ddosbarth. Roedd y pedair ohonyn nhw yn eu gwisgoedd traddodiadol hefyd.

Edrychodd y ffrindiau ar ei gilydd am rai eiliadau yn meddwl eu bod nhw'n bictiwr. Doedd y Spice Girls ddim ynddi!

'Dwi'n hoffi dy siôl di, Anwen,' meddai Bethan, gan edrych yn fanwl ar y patrymau mawr lliwgar oedd yn gwau drwy ei gilydd.

'Mae'n hen iawn,' meddai Anwen, yn falch fod rhywun, o'r diwedd, wedi sylwi ar y siôl. 'Ro'dd hen hen hen hen fam-gu Dad yn arfer ei gwisgo.'

'O'dd hi?' gofynnodd Bethan yn gegrwth.

'O'dd. Ma' hi dros ddau can mlwydd oed.'

'Pwy? Hen hen hen hen fam-gu dy dad?' gofynnodd Iola.

'Paid bod yn ddwl, Iola; am y siôl dwi'n siarad.'

'Mae'n edrych yn hen iawn,' meddai Bethan, gan gyffwrdd â'r siôl â blaen ei bys a theimlo'i hun yn agosach nag erioed at y bobl a oedd wedi byw yn yr hen amser.

'Bydd yn ofalus,' meddai Anwen, gan dynnu'r siôl yn ôl o gyffyrddiad Bethan. 'Dim ond ar achlysuron arbennig y byddai hen hen hen hen fam-gu Dad a oedd yn byw yn sir Benfro yn ei gwisgo, fel mynd i ddawns y plas neu fynd i ga'l te gyda gwraig y sgweiar.'

'Ife?' meddai Bethan. Roedd ei gên bron â chyffwrdd â'i thraed erbyn hyn.

'Fwy na thebyg,' meddai Anwen. Yna ychwanegodd, 'Fi sy pia hi nawr.'

'Paid brolio, Anwen,' meddai Carys.

'Dwi ddim yn brolio,' meddai Anwen, gan geisio ymddangos uwchlaw beirniadaeth. 'Dim ond gweud y gwir.'

'Rwyt ti wastad yn brolio am rywbeth,' mynnodd Carys.

'Paid bod mor genfigennus, Carys,' meddai Anwen.

'Dwi ddim yn genfigennus!' taranodd Carys.

'Pam wyt ti mor wyllt, 'te?' gofynnodd Anwen.

Llygadodd y ddwy ei gilydd fel dau baffiwr yn y sgwâr.

'Ond ma'r siôl yn hardd,' meddai Nicola er mwyn torri ar y distawrwydd peryglus.

'Diolch,' meddai Anwen, gan godi'r siôl yn uwch ar ei hysgwyddau.

'Dwi'n cytuno,' meddai Iola.

'Diolch,' meddai Anwen eto a thynnu ei llaw ar hyd y siôl.

'Ma' twll ynddi hi,' meddai Carys.

'Nago's!' meddai Anwen yn bigog.

'O, na, o's 'na?' meddai Nicola'n bryderus.

'Nago's. Ma' Mam-gu wedi'i drwsio. Braidd allwch chi'i weld e,' meddai Anwen yn frysiog, er mwyn i'r digwyddiad basio'n gyflym.

'*Dwi'n* gallu'i weld e,' meddai Carys, ac fe bwyntiodd at y cywiriad er mwyn i'r merched eraill ei weld hefyd.

'A dwi'n ei weld.'

'Ble?'

'Fan'na.'

'O, ie.'

'Trueni.'

Trodd Anwen i ffwrdd oddi wrth ei ffrindiau mewn ymgais i'w hatal rhag gweld y nam. 'Wel, beth y'ch chi'n ddisgwyl pan ma'r gwlân yn ddau can mlwydd oed?'

'Ddylet ti ga'l siôl *polyester* fel f'un i,' meddai Carys, gan droi mewn cylch er mwyn i'r merched i gyd gael gweld ac edmygu ei siôl. 'Ma' Mam yn gweud neith hi bara am byth.'

'*Polyester*! Hy!' meddai Anwen yn ddirmygus. 'Ac ma'n siŵr bod dy genhinen Bedr di'n un ffug.'

'Wrth gwrs 'ny,' meddai Carys yn syn. 'Dwyt ti ddim yn meddwl 'mod i isie pryfed yn cropian drosta i, wyt ti?'

'O, na!' meddai Iola, gan edrych ar y genhinen Bedr go iawn ar ei siôl a dychmygu pob math o angenfilod yn ymlusgo allan ohoni.

'Helô, bawb!'

Trodd y merched a gweld Catrin a Tracy'n dod i mewn i'r ystafell. Gwisgai Catrin ei gwisg draddodiadol, ond ei hoff grys pêl-droed Man U a wisgai Tracy.

'Ble ma' dy wisg Gymreig di, Tracy?' gofynnodd Nicola.

'O Loegr, nid o Gymru, dwi'n dod,' atebodd Tracy, gan geisio peidio dangos ei siom mai hi oedd yr unig un nad oedd mewn gwisg Gymreig.

'Sdim ots am hynny,' meddai Mair. 'Rwyt ti'n byw yng Nghymru nawr.'

'Ie, ond yn Lloegr ces i fy ngeni.'

'Yn Lloegr ces inne fy ngeni,' meddai

Nicola, 'ond dwi'n gallu gwisgo gwisg Gymreig yr un peth â phawb arall.'

'O,' meddai Tracy'n fwy siomedig fyth. 'Do'n i ddim yn gwbod hynny.'

Roedd nifer fawr o'r plant yn hen ysgol Tracy ym Manceinion yn dod o deuluoedd Asiaidd neu Affricanaidd, ac ar eu diwrnodau gŵyl fe fydden nhw i gyd yn gwisgo'u dillad cenedlaethol. Yr unig blant na fyddai byth yn gwisgo dillad cenedlaethol oedd y plant o gefndir cyfan gwbl Seisnig, gan nad oes gan Loegr wisg genedlaethol. Roedd Tracy wedi meddwl droeon bod hynny'n drueni, a byddai hi wedi bod wrth ei bodd yn cael gwisgo *sari* neu *kimono*. A nawr, o'r diwedd, pan oedd ganddi gyfle i wisgo gwisg genedlaethol, doedd neb wedi dweud wrthi.

'Sdim ots,' meddai Tracy, gan wneud y gorau o'i siom. 'Mae Dad yn gweud mai crys Man U yw'r peth agosa sy gan Loegr i wisg draddodiadol, beth bynnag.'

'Ife?' gofynnodd Iola'n ddiniwed.

'Ond dyw hi ddim yn boblogaidd iawn, yw hi?' meddai Carys.

'Pam ti'n gweud 'ny?' gofynnodd Tracy.

‘Ma’n nhw’n ei newid hi sawl gwaith bob blwyddyn.’

* * *

Ond nid oedd Tracy ymhell o’i lle drwy ddweud bod crys pêl-droed yn wisg draddodiadol. Crysau chwaraeon y byddai’r mwyafrif o fechgyn yr ysgol yn eu gwisgo ar Ddydd Gŵyl Dewi, ac nid oedd bechgyn Blwyddyn 4 yn ddim gwahanol. Gwisgai Alun, Colin, Iwan ac Elwyn grysau pêl-droed Cymru, tra gwisgai Steffan, Martin ac Owain grysau’r tîm rygbi. A chan mai criced oedd yr unig gêm gwerth ei chwarae, ym marn Huw, crys tîm criced Morgannwg a wisgai ef. Ac, fel arfer, chwaraeon oedd testun trafod y bechgyn y bore hwnnw.

‘Seithenyn?’ meddai Colin, cyn ei ail-adrodd yn anghrediniol, ‘*Seithenyn*?’

‘Pam lai?’ meddai Steffan.

‘Yn y gôl?’ gofynnodd Colin, cyn ei ail-adrodd yn anghrediniol, ‘*Yn y gôl*?’

‘Ie.’

‘Bydde Seithenyn yn gadel popeth mewn. Dwyt ti ddim yn cofio beth nath e yng Nghantre’r Gwaelod?’

‘O, ie,’ meddai Steffan, gan gofio bod Cantre’r Gwaelod wedi boddi dan y môr am fod Seithenyn wedi anghofio cau’r clwydi.

‘Beth am Dewi Sant?’ gofynnodd Alun. ‘Wedi’r cyfan, ei ddiwrnod e yw heddi.’ Ers dechrau’r wythnos roedd Miss wedi bod yn adrodd hanes nifer o enwogion o hanes Cymru i’r dosbarth, ac roedd hynny wedi rhoi’r syniad i Alun o ddewis tîm pêl-droed o Enwogion Hanes Cymru. Gwyddai Alun mai gwaith diddiolch oedd bod yn rheolwr tîm pêl-droed Cymru, ond roedd yn dechrau meddwl fod dewis tîm o enwogion yn llawer mwy o ben tost na dewis tîm go iawn.

‘Na, bydde Owain Glyndŵr yn well,’ meddai Steffan, yn ceisio adennill ei enw da.

‘Owain Glyndŵr?’ meddai Colin, cyn ei ailadrodd yn anghrediniol, ‘*Owain Glyndŵr*?’

‘O, beth nawr?’ ochneidiodd Steffan.

‘Ymosodwr oedd Owain Glyndŵr, ac yn y llinell flaen y dylai ymosodwyr chware,’ meddai Colin.

‘Wyt ti’n meddwl y bydde Owain Glyndŵr yn gallu rhedeg ar ôl y bêl a neidio i’w phenio hi i mewn i’r gôl yn gwisgo arfwisg?’ gofynnodd Steffan yn syn.

‘Bydde Dewi Sant yn ca’l trafferth i neidio o gwmpas yn y gŵn ro’dd e’n ei wisgo,’ meddai Owain. Roedd e’n casáu chwarae yn y gôl ac nid oedd am i unrhyw Owain arall chwarae yno chwaith.

‘Wedodd Miss ddoe nad o’dd Dewi Sant yn ymosodwr,’ meddai Iwan.

‘Gweud mai heddychwr o’dd Dewi Sant nath Miss,’ meddai Elwyn.

‘Ond fe alle fe chware yn y gôl,’ meddai Alun.

‘Beth am neud Dewi Sant yn rheolwr a rhoi Harri Morgan yn y gôl?’ awgrymodd Elwyn mewn ymgais i gael pawb i gytuno.

‘O, ie, Harri Morgan!’ meddai Martin a oedd yn hoff iawn o fôr-ladron. ‘Fydde neb yn ei basio fe. Ro’dd e’n ymladd yn erbyn y Sbaenwyr, yn torri eu pennau i ffwrdd ac yn eu gorfodi i gerdded y planc.’

‘Paid bod yn ddwl,’ meddai Steffan. ‘Shwd alle’r Sbaenwyr gerdded y planc os o’dd Harri Morgan wedi torri eu pennau i ffwrdd?’

‘Ti sy’n ddwl yn gofyn cwestiyne dwl,’ meddai Martin.

‘Ro’n i’n meddwl mai yng nghanol y cae ro’dd Harri Morgan yn mynd i chware,’ meddai Iwan. 'Yn rheoli'r gêm yr un peth â Mark Hughes, ond falle ddim cweit mor rwff â Sparky.'

'Ond pwy allwn ni ei roi yn y gôl?' gofynnodd Alun.

'Gelert,' awgrymodd Martin, a oedd yn hoff iawn o gŵn.

'*Ci* o'dd Gelert,' meddai Alun, bron â chyrraedd pen ei dennyn.

'Ma' cŵn yn dda am ddal peli,' meddai Martin. 'Ma' Jac, ci fy Anti Mair, yn gallu dal pob math o beli.'

'A'u byrstio nhw,' meddai Alun a oedd wedi colli sawl pêl i gŵn yn y parc – er na ddylai fod yn chwarae pêl-droed yno o gwbl.

'Drychwch! Dim ond cynigion call dwi isie.'

'Ac ma' Dewi Sant yn gynnig call?' gofynnodd Steffan.

'Ma' fe'n dipyn callach na Seithenyn,' meddai Alun.

'Beth am Iolo Morganwg?' awgrymodd Huw, a oedd yn meddwl fod gan hwnnw rywbeth i'w wneud â thîm criced Morgannwg.

'Iolo Morganwg?' meddai Colin, cyn ei ailadrodd yn anghrediniol, '*Iolo Morganwg*?'

'Pam wyt ti wastad yn ailadrodd popeth yn anghrediniol?' gofynnodd Steffan.

'Fi?' meddai Colin, cyn ei ailadrodd yn anghrediniol, '*Fi*?'

PENNOD 2

'Wel, sdim ots 'da fi beth wyt ti'n feddwl,' meddai Anwen.

'A llai fyth gyda fi am beth wyt ti'n feddwl,' meddai Carys.

'Hy!'

'Hy!'

'Hy! Hy!'

'Hy! Hy! Hy!'

'Hy! Hy! Hy! HY!!'

'Bore da, ferched!'

Trodd y merched i edrych ar Miss ac, fel actorion yn camu allan i ganol y llwyfan, trodd yr wg ar eu hwynebau yn wên. Ond roedd Miss yn rhy gyfarwydd â chynhennau rhwng ffrindiau i gael ei thwyllo gan y perfformiad.

'Pawb i'w llefydd. A chithe, fechgyn.'

Ufuddhaodd pawb.

'Wel, ry'ch chi i gyd yn edrych yn hardd iawn,' meddai Miss wrth y dosbarth. 'Mae'n braf iawn eich bod chi i gyd wedi gwisgo . . .' A dyna pryd y sylwodd hi ar Tracy, ac am eiliad ni wyddai beth i'w ddweud.

'Dyma dy Ddydd Gŵyl Dewi cynta di, yntê, Tracy?' meddai Miss o'r diwedd.

'Ie, Miss.'

'Oeddet ti wedi clywed am Ddydd Gŵyl Dewi ym Manceinion?'

'Na, Miss.'

'Oeddet ti'n gwbod bod gan ferched Cymru wisg arbennig?' gofynnodd Miss.

'Na, Miss.'

Cyn iddi symud o Fanceinion, yr unig beth roedd Tracy'n ei wybod am Gymru oedd bod yn well gan Ryan Giggs chwarae i dîm pêl-droed Cymru nag i un Lloegr. Byddai Mrs Solomon, ei hathrawes ym Manceinion, yn aml yn dweud wrth y dosbarth am arferion, gwyliau a thraddodiadau nifer o wledydd a phobloedd eraill ar draws y byd, ond nid oedd hi erioed wedi dweud dim am Gymru. Roedd Tracy wedi clywed llawer am fywydau'r Indiaid Cochion – neu'r American-iaid brodorol, fel y galwai Mrs Solomon nhw – a'r Aborigines – neu'r Awstraliaid brodorol, fel y galwai Mrs Solomon nhw – a oedd yn byw filoedd ar filoedd o filltiroedd o Fanceinion, ond nid oedd hi wedi clywed gair am bobl Cymru, pobl a oedd yn byw ar ben arall traffordd yr M56!

'Ma'r dillad yn neud i'r merched edrych yn ddwl, Miss,' meddai Alun. 'Fel Hen Fenyw Fach Cydweli.' Ac fe chwarddodd nifer o'r bechgyn.

'Paid gwneud hwyl am ben y dillad, Alun. Mae'r wisg wedi chware rhan bwysig yn hanes Cymru.'

'Shwd, Miss?' gofynnodd Carys.

'Ddau can mlynedd yn ôl roedd hi'n gyfrifol am orchfygu milwyr Ffrainc.'

'Beth?' gofynnodd Colin, cyn ei ailadrodd yn anghrediniol, '*Beth*?'

'Do, wir, Colin. Oes unrhyw un yn gwbod sut?'

'Owain Glyndŵr!' meddai Owain, a oedd yn gweld cyfle arall i ganmol ei arwr.

'Na,' meddai Miss. 'Cofiwch mai am wisg merched dwi'n sôn.'

'Miss! Miss!' galwodd Elwyn. 'Merched Beca. Ro'n nhw'n gwisgo dillad merched pan o'n nhw'n chwalu'r tollbyrth.'

'Cynnig da, Elwyn, ond dynion yn gwisgo dillad merched oedden nhw, fel na fyddai neb yn eu hadnabod. Am ferched yn gwisgo dillad merched dwi'n sôn.'

'Merched yn gorchfygu milwyr Ffrainc!' meddai Alun yn syn.

'Ie, Alun,' meddai Miss.

'Ie, Alun,' meddai Carys, gan grychu ei thrwyn ar Alun.

'Rwyt ti'n gwbod yr hanes, wyt ti, Carys?' gofynnodd Miss

'Em . . . nagw . . . Miss.'

'Oes rhywun wedi clywed am Jemeima Niclas?' gofynnodd Miss.

‘Na,’ meddai ambell aelod o’r dosbarth, tra ysgydwodd eraill eu pennau.

‘Ydw, Miss,’ meddai Anwen. ‘Dwi wedi clywed amdani.’

‘Da iawn, Anwen,’ meddai Miss. ‘Nei di ddweud wrthon ni beth wnaeth hi?’

‘Dwi ddim yn cofio’r hanes i gyd, Miss, ond ro’dd milwyr o Ffrainc wedi glanio yn sir Benfro ac ro’dd Jemeima Niclas wedi arwain merched o Abergwaun i’r traeth a thwyllo’r Ffrancwyr i feddwl mai milwyr Prydain o’n nhw.’

‘Ie. Fe ddigwyddodd hynny ym 1797 pan oedd Prydain yn ymladd yn erbyn Ffrainc. Yr amser hynny roedd milwyr Prydain yn gwisgo cotiau coch a hetiau uchel du, ond doedd yna ddim milwyr Prydeinig yn agos i’r lle roedd y Ffrancod wedi glanio, ar draeth Carreg Gwastad ar bwys Abergwaun yn sir Benfro. Felly er mwyn codi braw ar y Ffrancod a’u cadw nhw ar y traeth nes i’r milwyr gyrraedd, fe wisgodd Jemeima Niclas a nifer o wragedd eraill o Abergwaun eu siolau gwlân coch a’u hetiau uchel duon a gorymdeithio’n ôl ac ymlaen ar ben y clogwyn.’

'Ac fe dwyllon nhw'r Ffrancod?' gofynnodd Alun, yn methu credu ei glustiau.

'Do,' atebodd Miss. 'Fe ildion nhw heb danio bwled. Ac roedd hynny i gyd am fod Jemeima Niclas a'r merched eraill yn gwisgo'u dillad traddodiadol ac wedi dod at ei gilydd fel un yn erbyn y gelyn. Ac mae yna furlun mawr yn Abergwaun sy'n adrodd yr hanes i gyd.'

Gwenodd rhai o'r merched, yn falch iawn o fuddugoliaeth Jemeima Niclas. Edrychodd Anwen a Carys ar ei gilydd, ond nid oedd yr un o'r ddwy yn gwenu. Nid oedd Tracy'n gwenu chwaith, ac wrthi hi y siaradodd Miss.

'Wyt ti'n dod i'r twmpath heno, Tracy?'

'Twm . . . path?' meddai Tracy a golwg ddryslyd iawn ar ei hwyneb.

'Ie, yn Neuadd Teulu Morgan Bryn Bedw. Mae'r manylion i gyd yn y llythyr gest ti'r wythnos ddiwetha.'

Syllodd Tracy'n fud ar Miss.

'Fe roddaist y llythyr i Mam, do fe?'

'Do . . . Miss,' meddai Tracy, gan geisio meddwl am ba lythyr roedd Miss yn sôn.

* * *

Ar ddiwedd y wers chwiliodd Tracy yn ei sgrepan am y llythyr. Fel arfer fe fyddai'n rhoi pob llythyr i'w mam yn syth ar ôl iddi gyrraedd adref o'r ysgol, ond os oedd hi wedi anghofio'r tro yma, yna arni hi a neb arall oedd y bai nad oedd yn gwisgo'r wisg Gymreig heddiw.

Tynnodd ei ffeil gwaith cartref, ei llyfr darllen, ei chas pensiliau a'i siwmper allan

a'u gosod yn bentwr ar y llawr. Yna agorodd geg y sgrepan led y pen ac edrych i mewn iddi. Yno, yn un o'r corneli, wedi ei blygu'n chwarter, roedd y llythyr.

'Trefniadau Dathlu Dydd Gŵyl Dewi,' darllenodd Tracy, gan deimlo'i stumog yn troi. Wel, os oedd hi wedi colli hwyl hanner cyntaf y dathlu, roedd hi'n benderfynol o wneud iawn amdano yn y twmpath y noson honno. Byddai'n rhaid iddi hi a'i mam fynd i'r dref yn syth ar ôl ysgol i brynu gwisg.

PENNOD 3

Gwthiodd Alun ddrws Neuadd Teulu Morgan Bryn Bedw ar agor â'i droed. Cariai dri chwdyn plastig a oedd yn llawn o roliau bara, ac un cwdyn a ddaliai ei ddysgl a'i lwy, ar gyfer y pryd o gawl y byddai pawb yn ei gael cyn y twmpath yr oedd Pwyllgor Rhieni ac Athrawon yr ysgol wedi ei drefnu. Roedd mam Alun ar y pwyllgor a dyna pam roedd e wedi 'gwirfoddoli' i gario'r bara. Roedd Alun wedi tynnu wyneb pan glywodd ei fod wedi gwirfoddoli ond, mewn gwirionedd, roedd wrth ei fodd yn cael dod i'r neuadd cyn pawb arall a bod yn rhan o'r holl waith paratoi.

Cerddodd Alun i gyfeiriad y gegin rhwng y byrddau a'r cadeiriau a oedd wedi eu gosod yn barod ar gyfer y cawl. Tyfai sŵn y siarad a sŵn platiau'n taro yn erbyn ei gilydd wrth iddo agosáu. Gwthiodd y drws ar agor – eto â'i droed – a gweld bod yr ystafell fechan yn orlawn. Roedd yn agos i ddwsin o famau yno, wrthi fel lladd nadredd yn cymysgu'r cawl mewn sosbenni anferth, yn torri rholiau bara yn ddau ddarn, a

SBWRIEL

sgwariau o gaws yn ddegau. Roedd yn union fel lluniau o gorachod Siôn Corn yn paratoi ar gyfer y Nadolig.

'Rhagor o roliau bara?' gofynnodd un o'r mamau i Alun.

'Ie.'

'Dere â nhw 'ma.'

Rhoddodd Alun y cydau i lawr ar y bwrdd.

'Wyt ti isie picen?' gofynnodd y fam i Alun, gan bwyntio at dun Quality Street yn llawn o bice ar y maen.

'Diolch,' meddai Alun, gan estyn ei law i'r tun.

'Cymer ddwy,' meddai'r wraig wrtho.

Ufuddhaodd Alun a chnodd ymyl un o'r teisennau. Edrychodd o'i gwmpas yn hapus, ond diflannodd ei hapusrwydd pan welodd fod Carys yno hefyd, yn busnesa wrth un o'r sosbenni cawl.

Ciliodd Alun i'r neuadd cyn i Carys ei weld.

'Hei!'

Edrychodd Alun i gyfeiriad drws y neuadd a gweld dyn ifanc â gwallt hir yn stryffaglio o dan bwysau blwch du anferth wrth geisio gwthio'r drws ar agor.

'Hei!' galwodd y dyn eto.

'Fi?' gofynnodd Alun.

'Wrth gwrs ti; pwy arall wyt ti'n feddwl? Dere 'ma.'

Cerddodd Alun yn araf tuag ato. Roedd e braidd yn amheus o ddieithriaid. Wrth iddo agosáu ato gwelodd Alun fod yna ysgrifen ar ochr y blwch du anferth: Disgo Dewi.

'Nei di ddal y drws ar agor er mwyn i fi ddod â'r uchelseinydd i mewn?' gofynnodd y dyn. Roedd ei wyneb yn goch a'i freichiau'n gwegian dan y pwysau.

Darllenodd Alun y geiriau'n uchel: 'Disgo Dewi.' Yna meddyliodd am eiliad cyn gofyn, 'Chi sy'n mynd i drefnu'r dawnsio?'

'Ie,' atebodd y dyn, ei wyneb yn fwy porffor na choch erbyn hyn. 'Os na fydda i wedi mynd i'r ysbyty cyn hynny. Agor y drws, nei di?'

Cydiodd Alun yn y ddolen a thynnu'r drws ar agor led y pen. Cariodd y dyn y blwch i'r llwyfan a'i roi i lawr yn ddiolchgar, gan ddweud,'Whw! Dwi'n mynd yn rhy hen i hyn.'

Disgo, meddyliodd Alun. Dawnsio gwerin gyda Mrs Gwynne-Puw oedd y twmpath Gŵyl Ddewi fel arfer, nid disgo! Efallai bod cael disgo yn syniad da. Roedd recordiau Mrs Gwynne-Puw braidd yn hen erbyn hyn. Roedd cymaint o grafiadau ar rai ohonyn nhw nes bod yn rhaid i'r dawnswyr wneud sawl herc, cam a naid ychwanegol yn aml er mwyn cadw i fyny â'r gerddoriaeth. Ond roedd hynny'n rhan o'r hwyl ac yn gwneud y dawnsio'n llawer mwy diddorol. Weithiau, yn ystod dawns gyflym, fe allai'r neuadd fod mor wyllt â cheir taro'r ffair – ond heb y ceir.

‘Shwd fath o ddisgo yw disgo Dydd Gŵyl Dewi?’ gofynnodd Alun.

‘Beth?’

‘Os y’ch chi’n neud disgo Dydd Gŵyl Dewi, shwd fath o ddisgo yw e?’

Edrychodd y dyn yn syn ar Alun am rai eiliadau ond yna’n raddol fe sylweddolodd beth roedd Alun yn ei feddwl ac fe wenodd.

‘Dewi yw fy enw i, a chan mai fy nisgo i yw hwn, dwi’n ei alw e’n Ddisgo Dewi. Does gyda fe ddim byd i’ neud â Dewi Sant, ar wahân i’r ffaith bod gyda fe a fi yr un enw.’ A chyn i Alun gael cyfle i ofyn dim byd arall, fe ddiflannodd Dewi i gefn y llwyfan.

‘Beth wyt ti’n ’i neud ’ma, Alun?’

Trodd Alun a gweld Carys a Mair yn dod allan o’r gegin.

‘Helpu . . .’ Bu bron i Alun ddweud ‘Helpu Mam’, ond llwyddodd mewn pryd i’w atal ei hun rhag dweud ‘Mam’.

‘Pwy o’dd y dyn ’na?’ gofynnodd Carys.

‘Y dyn sy’n neud y disgo heno.’

‘Disgo!’ meddai Mair yn syn. ‘Ar Ddydd Gŵyl Dewi? Twmpath Mrs Gwynne-Puw ry’n ni’n ’i ga’l ar Ddydd Gŵyl Dewi.’

‘Ie,’ meddai Alun. ‘Dwi’n meddwl bod rhywun wedi gneud camgymeriad.’

A’r eiliad honno, pan glywodd lais dwfn y tu allan i ddrws y neuadd yn dweud, ‘Bron â chyrraedd, Herbert’, roedd Alun yn gwybod yn *bendant* bod rhywun wedi gwneud camgymeriad – camgymeriad mawr.

Gwthiwyd y drws ar agor yn ddidrafferth a daeth Mrs Gwynne-Puw i mewn i’r neuadd fel llong ryfel o Ffrainc yn hwylio i mewn i borthladd Abergwaun. Yn ei dilyn daeth Mr Harris, perchennog y siop fwyd a safai ar gornel stryd yr ysgol. Weithiau pan fyddai Alun yn cerdded adref, fe fyddai’n galw yn siop Mr Harris i brynu losin.

Roedd Mrs Gwynne-Puw yn fenyw fawr a chanddi lais mor gryf fel nad oedd angen microffon arni pan fyddai’n galw symudiadau’r dawnsfeydd. Roedd hi hefyd yn gyfarwydd â chael pobl i ufuddhau iddi.

‘Rhowch nhw ar y llwyfan, Herbert,’ meddai Mrs Gwynne-Puw.

Yn ei freichiau cariai Mr Harris beiriant chwarae recordiau, ac ar ben hwnnw roedd bocs mawr o recordiau dawnsio gwerin Mrs Gwynne-Puw. Roedd sbectol Mr Harris wedi

Recordian.

dod yn rhydd o'i glust chwith ac yn hongian yn simsan wrth y dde. Edrychai ei wallt cyrliog, coch, a oedd wastad yn anniben, yn debycach nag erioed i wìg clown.

'O, ie,' meddai Mrs Gwynne-Puw gan roi ei dwylo ar ei hochr, anadlu'n ddwfn ac edrych o'i chwmpas yn fodlon iawn. 'Mae'n fy atgoffa o'r amser pan oeddwn i gyda Chwmni Opera Cenedlaethol Cymru. Does dim byd yn debyg i berfformio o flaen cynulleidfa, teimlo'u hagosrwydd a'u cymeradwyaeth werthfawrogol. On'd y'ch chi'n cytuno, Herbert?'

'Mhym!' ebychodd Mr Herbert Harris, heb fawr o anadl i'w hateb yn iawn.

'Ar y llwyfan ddwedais i, Herbert,' gorchmynnodd Mrs Gwynne-Puw pan welodd fod Mr Harris ar fin gollwng y llwyth ar ganol llawr y neuadd. 'Mae'n drueni bod yr hen fan goch yna wedi'i pharcio y tu allan i'r neuadd. Mae'n dipyn o ffordd o'r maes parcio, on'd yw hi?'

'Hiiihyhym!' gwichiodd Herbert Harris, gan ailafael yn y pwysau. Edrychodd Alun arno'n ymlwybro bron yn ei ddwbl i gyfeiriad y llwyfan.

Bob blwyddyn fe gâi'r Pwyllgor Rhieni ac Athrawon y cig ar gyfer y cawl gan Mr Harris ac, ar wahân i'r ffaith y byddai Mrs Gwynne-Puw hefyd yn cymryd mantais ar ei garedigrwydd bob blwyddyn i'w helpu i gario'i pheiriant chwarae recordiau, roedd Mr Harris wrth ei fodd yn dod i'r twmpath.

'Dyna fe. Rhowch e ar ben y bwrdd yna,' meddai Mrs Gwynne-Puw, gan gyfeirio at uchelseinydd Dewi Disgo Dewi.

'Hei!' galwodd Dewi Disgo Dewi, gan wthio'i ben drwy lenni cefn y llwyfan. 'Beth y'ch chi'n meddwl y'ch chi'n neud?'

'Paratoi ar gyfer y twmpath,' meddai Mrs Gwynne-Puw.

'O, nady'ch,' meddai Dewi'n gynhennus. 'Fi sy'n neud y sioe 'ma heno.'

'Beth?' cyfarthodd Mrs Gwynne-Puw, gan sgwario'i hysgwyddau yn barod am frwydr.

'O, na,' meddai Mr Harris, gan wthio'i sbectol yn ôl ar ei drwyn a phwyso ar y llwyfan. Roedd yn rhag-weld amser caled.

'Gwrandwch 'ma,' meddai Mrs Gwynne-Puw. 'Fi sy'n cynnal y noson hon. Mae fy nhwmpath i yn un o uchelfannau diwylliannol yr ysgol, os nad yr ardal gyfan. Mae'n wasanaeth, mae'n gyfraniad, mae'n . . . mae'n *draddodiad*,' meddai, gan roi ei llaw ar ei bron yn ddramatig ac ychwanegu'n fawreddog, 'Byddai llawer yn dweud mai fy nhwmpath i yw'r mwyaf yn y wlad.'

'Wna i ddim dadlau â chi am hynny,' meddai Dewi, gan godi chwaraewr recordiau Mrs Gwynne-Puw oddi ar ei uchelseinydd a'i roi ar y llawr ar bwys Mr Harris, 'ond ry'ch chi'n anghywir ynglŷn â heno; mae'r pwyllgor wedi fy mwcio i ac mae gen i lythyr i brofi hynny.'

'Amhosib! Mae'r Pwyllgor Rhieni ac Athrawon wastad yn gofyn am fy ngwasanaeth i,' meddai Mrs Gwynne-Puw gan ddal ei thir yn gadarn.

'Ond ddim eleni,' meddai Dewi, gan ddechrau dadbacio'r offer disgo. 'Falle'u bod nhw wedi penderfynu o'r diwedd bod twmpath yn rhy henffasiwn – dim byd ond sŵn acordian i'w glywed ar bopeth – ac y bydde hi'n well gyda nhw ga'l disgo a cherddoriaeth go iawn.'

'Edrychwch 'ma . . .' dechreuodd Mrs Gwynne-Puw.

'Gwendolyn!' meddai Mr Harris, gan dynnu

ei sbectol a dechrau ei glanhau â'i dei. 'Gawsoch chi wahoddiad eleni?'

'Do, wrth gwrs,' atebodd Mrs Gwynne-Puw yn bigog.

'Ar bapur?'

'Wel . . .'

'Do fe?'

'Wel, na, nid ar bapur, efallai,' meddai Mrs Gwynne-Puw, gan ddechrau sylweddoli nad oedd y ddaear y safai arno mor gadarn wedi'r cyfan. 'Ond,' meddai, gan ddechrau ei chrafangu ei hun yn ôl i'r wyneb, 'fe gytunwyd y llynedd y byddwn i'n cynnal y twmpath eleni. Ry'ch chi'n gwbod mai dyna'r drefn bob blwyddyn, Herbert.'

'Ond falle ddim eleni,' meddai Dewi.

Roedd Alun, Carys a Mair wedi dilyn y dadlau, ac er y bydden nhw ill tri yn hoffi cael cerddoriaeth fwy cyfoes a llai herciog na cherddoriaeth Mrs Gwynne-Puw, roedden nhw *yn* cydymdeimlo â hi am nad oedd hi wedi cael ei gwahodd i gynnal y twmpath. Roedd y tri ohonyn nhw'n hoffi twmpath Mrs Gwynne-Puw gan ei fod e'n wahanol ac yn hwyl.

'Wel, mae'n rhaid i fi ddweud . . .' meddai Mrs Gwynne-Puw, heb wybod yn iawn beth i'w ddweud.

'Beth am i ni ga'l gair gyda'r trefnwyr,' awgrymodd Mr Harris.

'Syniad da,' meddai Mrs Gwynne-Puw, gan edrych o gwmpas y neuadd. Disgynnodd ei hedrychiad ar Alun, Carys a Mair, a symudodd y tri gam neu bump yn ôl; roedden nhw wedi clywed am dymer Mrs Gwynne-Puw gan Bethan a gâi wersi piano ganddi. Yn ffodus iddyn nhw, ond yn anffodus iddo ef, fe gerddodd Syr i mewn i'r neuadd yr eiliad honno yn cario'i ddysgl a'i lwy ar gyfer y cawl.

'Noswaith dda, bawb,' meddai'n hwyliog. 'Popeth yn iawn?'

'Wel . . .' dechreuodd Mrs Gwynne-Puw.

'Da iawn, da iawn,' meddai Syr ar ei thraws. 'Dyna beth dwi'n hoffi'i weld, pobl yn mwynhau eu hunain. A does dim fel twmpa. . .' a sylwodd Syr ar Dewi a'r offer disgo ar y llwyfan. 'Disgo?'

Edrychodd Syr yn ôl ar Mrs Gwynne-Puw ac yna ar Dewi gan ddweud, 'Twmp. . . di . . .

twmp . . . di . . . twmp . . . di . . . twmp . . .' fel pe bai'n ceisio canu cân nad oedd yn siŵr iawn o'i geiriau.

'Ehem!' meddai Syr, gan garthu ei wddf. Edrychodd ar Dewi a dweud, 'Helô.'

'Shwmai.'

'Do's 'na ddim problem, o's e?' gofynnodd Syr, yn union fel y byddai'n gofyn 'Pawb wedi gwneud y gwaith cartre?' i flwyddyn 6 – mwy mewn gobaith na dim byd arall.

'Mae rhywun wedi gwneud cawl,' meddai Mrs Gwynne-Puw.

'Dwi'n gobeithio 'ny, wir,' meddai Syr yn ysgafn. 'Dyna pam dwi yma,' ac fe ddaliodd ei ddysgl a'i lwy i fyny o flaen Mrs Gwynne-Puw. Ond pan welodd nad oedd hi'n rhannu ei frwdfrydedd fe'u cuddiodd y tu ôl i'w gefn.

'Mae'r llysie'n dda iawn eleni,' meddai Mr Harris.

'Odyn nhw?'

'Odyn, rhai arbennig o sir Benfro . . .'

'Herbert!' meddai Mrs Gwynne-Puw, a thawelodd y siopwr.

'Twmpath yw adloniant traddodiadol Dydd Gŵyl Dewi,' meddai Mrs Gwynne-Puw. 'Yntê?'

'Ie, wir,' cytunodd Syr.

'Ond ma'n rhaid symud gyda'r oes,' meddai Dewi Disgo Dewi. 'On'd oes?'

'Oes, wir,' cytunodd Syr.

Edrychodd Syr ar Mr Harris rhag ofn fod ganddo yntau rywbeth i'w ddweud, ond roedd y siopwr yn glanhau ei sbectol. Pan dynnai Mr Harris ei sbectol roedd yn fyddar yn ogystal ag yn ddall.

'Wel?' gofynnodd Mrs Gwynne-Puw.

'Meddai Wil wrth y wal,' meddai Dewi, gan gwblhau'r ymadrodd.

'Hym! Ie, wel, mae'n . . . mae'n siŵr y

gallwn ni ddatrys hyn yn ddigon hawdd,' meddai Syr. 'Beth . . . beth am i ni fynd i un o'r ystafelloedd cefn i weld beth allwn ni ei wneud. Cael noson dda o ddawnsio sy'n bwysig. Pobl yn mwynhau cerddoriaeth dda.'

'Super Furry Animals,' meddai Dewi Disgo Dewi.

'Croen y Ddafad Felen,' meddai Mrs Gwynne-Puw.

'Gorky's Zygotic Mynci,' meddai Dewi Disgo Dewi.

'Hoffedd Ap Hywel,' meddai Mrs Gwynne-Puw.

'On'd oes 'na enwau rhyfedd gan rai o'r grwpiau newydd 'ma,' meddai Syr. 'Wydden i ddim eich bod chi mor gyfoes, Mrs Gwynne-Puw.' Ac fe roddodd Syr ei fraich am ei hysgwydd i'w harwain i ffwrdd – ond fe'i tynnodd yn ôl bron ar unwaith fel pe bai wedi cofleidio weiren bigog.

PENNOD 4

Caeodd Tracy ddrws y car a chodi ei llaw ar ei rhieni. Fe fyddai wedi hoffi pe baen nhw hefyd yn dod i'r twmpath, ond gan ei bod hi wedi anghofio rhoi'r llythyr i'w mam, roedden nhw eisoes wedi gwneud trefniadau i fynd allan y noson honno.

Safodd Tracy ar y palmant am eiliad i wneud yn siŵr bod ei het uchel ddu a ffedog ei gwisg Gymreig yn daclus cyn mynd i mewn i'r neuadd. Roedd hi am i bawb ei gweld ar ei gorau.

Roedd y noson wedi dechrau'n swyddogol, a byrddau dros dro wedi eu gosod ar lawr y neuadd. Safai nifer o bobl a phlant mewn dwy res hir yn disgwyl am eu cawl. Ond roedd gan rai bethau pwysicach i'w gwneud.

'Beth ddigwyddodd wedyn?' gofynnodd Elwyn i Alun, a oedd newydd orffen adrodd helynt y cawlio rhwng y twmpath a'r disgo.

'Dwi ddim yn gwbod,' meddai Alun. 'Ond ro'n nhw yn yr ystafell gefn am orie.'

'Falle bod Mrs Gwynne-Puw wedi reslo Syr a Dewi i'r llawr,' cynigiodd Martin.

'Ac iste ar eu pennau,' meddai Huw.

'O, awtsh!' meddai Owain.

'Ond beth fyddwn ni'n 'i ga'l heno?' gofynnodd Elwyn. 'Twmpath neu ddisgo?'

'*Dwi* ddim yn gwbod,' meddai Alun, yn bigog gydag Elwyn am ofyn dau gwestiwn na allai eu hateb.

'Falle gewn ni'r ddau,' meddai Steffan.

'Beth, hanner twmpath a hanner disgo?' gofynnodd Huw.

'Gwych!' meddai Iwan. 'Dwi erioed wedi bod mewn twsgo.'

'Nac mewn dimpath,' meddai Martin.

* * *

Yn un o gorneli'r neuadd roedd Carys, Iola, Catrin a Mair yn trafod Anwen, Nicola a Bethan a oedd mewn cornel arall o'r neuadd.

'Edrychwch arnyn nhw,' meddai Carys.

Roedd Catrin a Mair yn sefyll yn wynebu'r cornel lle'r oedd y merched eraill, ond roedd cefn Iola tuag atyn nhw, a phan ddechreuodd hi droi ei phen er mwyn gweld beth oedd yn digwydd, fe gydiodd Carys yn ei braich.

'Paid edrych arnyn nhw!'

'Ond ti wedodd wrtha i am edrych arnyn nhw,' meddai Iola'n amddiffynnol.

'Ond do'n i ddim yn bwriadu i ti *edrych* arnyn nhw,' meddai Carys, yn synnu at dwpdra ei ffrind.

'Wel, beth *o't* ti'n 'i fwriadu, 'te?' gofynnodd Iola'n ddig.

'Sôn am Anwen a'r ffordd ma' hi'n ymddwyn o'n i.'

'Ma' hi wedi mynd yn ofnadw yn ddiweddar,' meddai Catrin. 'Yn brolio am bopeth.'

'Odi,' cytunodd Mair. 'Odych chi'n cofio'r holl ffws 'na nath hi am mai hi o'dd y cynta yn y dosbarth i fynd i siop Safeway pan agorodd hi?'

'Fel bod mynd i Safeway yn rhywbeth mawr,' meddai Carys.

'Ie,' meddai Mair.

'Ie,' meddai Catrin.

'Wel, ro'dd e *yn* eitha cyffrous,' meddai Iola.

'Es i yno ddiwrnod ar ôl iddi hi fod,' meddai Carys.

'A finne,' meddai Mair

'A finne,' meddai Catrin.

'Pythefnos wedyn es i,' meddai Iola'n dawel.

'Ond wnes i ddim brolio am hynny,' meddai Carys.

'Na finne,' meddai Mair.

'Na finne,' meddai Catrin.

'Ro'dd pawb wedi bod yna o 'mla'n i, beth bynnag,' meddai Iola'n dawel.

Roedd y merched wedi bod yn ymddwyn yn gynhennus iawn drwy'r prynhawn. Nid oedd pethau wedi gwella dim, hyd yn oed ar ôl i Miss adrodd hanes Jemeima Niclas a merched Abergwaun yn uno i drechu'r Ffrancod, yn y gobaith o'u cael yn ffrindiau unwaith eto. Os rhywbeth, roedd pethau wedi gwaethygu, gyda'r merched yn rhannu'n ddwy garfan ac yn gwrthod gwneud dim â'i gilydd – ar wahân i Tracy nad oedd byth yn cymryd ochr yn erbyn neb ac a oedd yn llawer rhy brysur yn meddwl am y twmpath i sylwi ar ddim byd arall. Wrth gwrs, ni fyddai'r merched yn ystyried chwarae gyda'i gilydd byth eto, ac yn ystod y prynhawn roedd merched y naill garfan wedi cofio am bron i bob cam ac ymffrost roedd merched y garfan arall wedi eu gwneud ers dechrau'r tymor. Ac roedden nhw'n dal i gofio.

'Ac ro'dd hi'r un peth yn union gyda'r sgidie newydd 'na,' meddai Mair, gan gofio achlysur arall pan fu Anwen yn llawn ohoni ei hun. 'Ro'dd yn rhaid iddi frolio mai hi o'dd wedi'u ca'l nhw gynta.'

'Dim ond am fod gyda'i hewyrth hi siop sgidie,' meddai Carys. 'Edrychwch arni nawr.'

Symudodd Iola'i phen.

'Paid edrych!' cyfarthodd Carys.

'*Pam*?' gwichiodd Iola.

'O! Welest ti 'na?' meddai Catrin.

'*Beth*?' gwichiodd Iola eto.

'Ma' hi wastad fel'na,' meddai Mair.

‘*Pwy*?’ gwichiodd Iola eto fyth.

‘Fydden i’n synnu dim eu bod nhw’n siarad amdanon ni,’ meddai Carys.

‘Dyna beth yw bod yn haerllug!’ meddai Catrin.

‘O, *na*,’ meddai Iola.

‘Wel *dwi’n* meddwl ei fod e’n haerllug,’ meddai Mair.

‘Dwi ddim yn sôn am hynny,’ meddai Iola.

‘Am beth wyt ti’n sôn, ’te?’ gofynnodd Carys, gan ddechrau troi i’r un cyfeiriad ag a wynebai Iola.

‘Paid edrych!’ meddai Iola, gan afael ym mraich Carys.

‘Pam?’ gofynnodd Carys.

‘Dwi ddim am i un ohonoch chi edrych,’ meddai Iola’n awdurdodol. ‘Neu bydd hi’n teimlo’n ofnadw.’

* * *

Safai Tracy ar ganol y llawr yn edrych o gwmpas y neuadd. Ni allai gredu ei llygaid. Hi oedd yr unig un yno mewn gwisg Gymreig! Roedd pawb arall yn gwisgo’u dillad arferol. Teimlai’n ofnadwy. Roedd y noson wedi ei difetha. Roedd hi am adael.

Nawr! Ar unwaith! Y funud honno! Nid oedd ganddi syniad i ble'r âi. Yr unig beth a wyddai oedd nad oedd hi am aros yno gyda phawb yn edrych arni ac yn gwneud hwyl am ei phen. Trodd Tracy ar ei sawdl a cherdded am y drws.

'Tracy!' galwodd Iola.

'Tracy!' galwodd Nicola.

Ac o ddau gornel yr ystafell rhedodd merched Blwyddyn 4 tuag ati.

* * *

Roedd bechgyn Blwyddyn 4 yn dal yn y rhes yn disgwyl am eu cawl pan gerddodd Tracy i mewn i'r neuadd. Gwelodd Elwyn Tracy yn sefyll wrth y drws yn edrych yn ddiflas ac roedd ar fin rhedeg ati pan ofynnodd Alun iddo, 'Odi rhestr y tîm gyda ti?'

Nid oedd Elwyn cystal chwaraewr pêl-droed â'r bechgyn eraill, ond roedd yn gwybod llawer mwy o ffeithiau am dimau, chwaraewyr a chystadlaethau na'r un o'r lleill, ac oherwydd hynny ef oedd wedi cael y gwaith o ofalu am y rhestr. Tynnodd Elwyn y darn papur o'i boced a'i estyn i Alun. Er mai dim ond y diwrnod hwnnw roedd y bechgyn wedi dechrau dewis tîm Enwogion Hanes Cymru, edrychai'r papur yn hen gan ei fod wedi cael ei agor a'i blygu droeon yn ystod y dydd.

Trodd Elwyn i gyfeiriad Tracy a gweld gweddill merched Blwyddyn 4 yn siarad â hi.

Symudodd y rhes roedd y bechgyn ynddi gam yn agosach at y gwragedd oedd yn gweini'r cawl. Codai'r gwynt archwaeth arnynt, gan wneud iddynt lyncu eu poer, eu stumogau'n dechrau cwyno o orfod aros mor hir.

'Ry'n ni'n dal i fod sawl chwaraewr yn brin,' meddai Alun, gan astudio'r rhestr.

'Beth yw'r ots?' meddai Huw a oedd wedi pwdu rhywfaint ar ôl i Colin wneud hwyl am ben Iolo Morganwg.

'Fe ddylen ni allu ca'l un enw ar ddeg,' meddai Alun a oedd yn amharod iawn i roi'r gorau i'r syniad o dîm Enwogion Hanes Cymru, ac fel rheolwr da roedd yn barod i gyfaddawdu er lles y tîm. 'Fe alle Iolo Morganwg fod yn eilydd.'

'Eilydd?' meddai Huw.

'Sy'n dod mla'n yn ystod ail hanner y gêm,' prysurodd Alun i ychwanegu. 'Ac ma' hynny'n fwy na'r hyn ma' Bobby Gould yn ei gynnig i Ian Rush.'

'Wel . . .' meddai Huw, gan geisio peidio dangos gormod o frwdfrydedd.

‘Pwy sy gyda ni hyd yn hyn?’ gofynnodd Owain.

‘Elwyn, gwed wrtho fe,’ meddai Alun. ‘Elwyn!’

‘Beth?’ gofynnodd Elwyn.

‘Ar beth wyt ti’n edrych?’ gofynnodd Alun, gan geisio gweld drwy’r bobl a gerddai yn ôl ac ymlaen ar draws y neuadd.

‘Neb, ym . . . dim,’ meddai Elwyn.

‘Wel gwed wrth Owain pwy sy yn y tîm.’

‘Brenin Arthur yn gapten, Guto Nyth Brân ar yr asgell, Owain Glyndŵr a Harri Morgan yn arwain yr ymosodiad . . .’

‘Ymosodiad gwych,’ meddai Alun. ‘Wedi’r cyfan, yr ymosodiad sy’n bwysig.’

‘. . . a David Lloyd George.’

‘Pwy yw e?’ gofynnodd Huw, a oedd yn barod i herio hawl unrhyw un i gael ei gynnwys yn y tîm.

‘Ro’dd e’n arfer bod yn brif weinidog,’ meddai Alun. ‘Paid gweud nad o’t ti’n gwbod hynny.’

‘Doeddet ti ddim yn gwbod cyn i fi weud wrthot ti,’ meddai Elwyn wrth Alun.

‘A ble ma’ fe’n chware?’ gofynnodd Steffan.

'Canol y cae,' atebodd Elwyn.

'Pump!' meddai Martin. 'Dim ond pump sy gyda ni?'

'A Iolo Morganwg,' meddai Huw.

'Eilydd yw e,' meddai Alun.

'Shwd alli di'i ga'l e'n eilydd os nad o's gyda ti dîm llawn?' meddai Huw.

'Beth am Dewi Sant?' gofynnodd Martin.

'Rheolwr,' meddai Alun. 'A Gelert yw'r masgot.'

'Masgot?' meddai Colin, cyn ei ailadrodd yn anghrediniol, '*Masgot*?'

'Paid dechre hwnna eto,' meddai Alun.

'Os y'n ni'n brin, fe allen ni ga'l merched yn y tîm,' meddai Elwyn, gan giledrych ar Tracy a'r merched eraill. Roedd Tracy ei hun wedi chwarae dros dîm y dosbarth unwaith ac wedi cael gêm dda.

'O ie?' meddai Owain yn amheus.

'Ma' Tracy'n gallu chware'n well na rhai bechgyn,' meddai Elwyn.

'Yn well na phwy?' gofynnodd Owain, a oedd wedi bod yn anhapus ynglŷn â chynnwys Tracy yn nhîm y dosbarth.

'Yn well na fi,' meddai Elwyn, gan wybod na fyddai neb yn dadlau â hynny.

‘Pwy gewn ni, ’te?’ gofynnodd Alun.

‘Rachel, yr Horrible Herb o *Noc Noc*,’ meddai Martin, a oedd yn hoff iawn o Rachel a’r merched eraill ar *Noc Noc*.

‘Rachel?’ meddai Colin, ond cyn iddo gael cyfle i’w ailadrodd yn anghrediniol fe dorrodd Alun ar ei draws.

‘Dyw Rachel ddim yn enwog iawn,’ meddai.

‘Odi, ma’ hi *yn* enwog iawn,’ meddai Martin, gan geisio amddiffyn hawl ei arwres i fod yn y tîm.

‘Beth am Jemeima Niclas?’ awgrymodd Elwyn, gan ddal i feddwl am Tracy yn ei gwisg Gymreig.

‘Perffaith,’ meddai Alun, gan ychwanegu’r enw at y rhestr cyn i rywun gael cyfle i wrthwynebu.

‘Be ti’n neud?’ gofynnodd llais yn ymyl Alun.

‘O, na!’ ochneidiodd Alun wrtho’i hun. Gwyddai heb edrych mai Tecwyn Tomos, bachgen bach bochdew o ddosbarth y babanod oedd yno. Ni fyddai Alun fel arfer yn cymryd y sylw lleiaf o’r babanod, ond rai wythnosau ynghynt, pan oedd Arolygwyr Ei

Mawrhydi yn ymweld â'r ysgol, roedd Alun wedi cael ei ddewis gan Syr i ofalu am iard y babanod a gwneud yn siŵr nad oedden nhw'n gwneud gormod o lanast gyda phapurau losin a chroen ffrwythau. Byth ers hynny roedd Tecwyn Tomos wedi bod yn dilyn Alun i bobman o gwmpas yr ysgol. Ni châi Alun eiliad o lonydd ganddo. Ble bynnag yr âi, yno y byddai Tecwyn Tomos yn gofyn, 'Be ti'n neud?' A nawr roedd hi'n amlwg nad oedd dianc i'w gael y tu allan i'r ysgol hyd yn oed.

'Be ti'n neud?' gofynnodd Tecwyn Tomos unwaith eto.

'Dewis tîm pêl-droed.' Doedd dim i'w ennill o anwybyddu neu geisio twyllo Tecwyn Tomos. Roedd e'n fachgen bach penderfynol a oedd yn holi a holi nes ei fod yn cael ateb a oedd yn ei fodloni.

'I bwy?'

'I fi.'

'O.'

'Ma' dal isie chwaraewyr eraill arnon ni,' meddai Alun wrth weddill bechgyn Blwyddyn 4, gan obeithio y byddai Tecwyn Tomos yn mynd i ffwrdd.

‘Os y’n ni’n brin, pam na allwn ni ga’l Rachel *Noc Noc*?’ gofynnodd Martin.

‘Cnoc, cnoc . . .’ meddai Tecwyn Tomos, gan ddangos nad oedd yn bwriadu mynd i ffwrdd.

‘O, na!’ ochneidiodd Alun wrtho’i hun eto.

Roedd Tecwyn Tomos yn hoff iawn – yn hoff *iawn, IAWN* – o ddweud jôcs. Rhai da, rhai drwg neu rai trychinebus o sâl, doedd dim gwahaniaeth ganddo; eu dweud nhw oedd yn bwysig. Ac, fel cwestiynau Tecwyn Tomos, nid oedd anwybyddu ei jôc yn torri dim ar ei awydd i’w dweud.

‘Tîm Enwogion Hanes Cymru yw hwn, nid sêr S4C,’ meddai Alun, gan obeithio gwibio heibio i jôc Tecwyn Tomos. Ond roedd Tecwyn Tomos yn fachgen bach penderfynol . . .

‘Cnoc, cnoc . . .’ meddai Tecwyn Tomos eto.

Ochneidiodd Alun a gofyn, ‘Pwy sy ’na?’

‘Tim,’ meddai Tecwyn Tomos, gan wenu.

Tynnodd Alun wyneb sur. Gan ei fod newydd ddweud wrth Tecwyn Tomos ei fod yn dewis tîm pêl-droed, fe allai Alun weld ateb y jôc yn dod o ddeg llath ar hugain i ffwrdd.

'Tim pwy?' gofynnodd er mwyn cael gwared â'r jôc – a Tecwyn Tomos, gobeithio.

'Ti'm yn gwbod pwy ydw i?' meddai Tecwyn Tomos mewn llais siomedig, cyn gwenu fel giât a chwerthin nes bod ei fochau a'i fol yn crynu.

PENNOD 5

'Mae'r wisg yn bert iawn,' meddai Anwen.

'Ond dim ond fi sy'n gwisgo un,' meddai Tracy, gan dynnu ei het a'i thaflu ar y bwrdd. Rowliodd yr het i'r llawr a phlygodd Mair i'w chodi.

'Ti'n edrych yn bert iawn ynddi,' meddai Carys, heb wybod beth arall i'w ddweud.

'*Ond dim ond fi sy'n gwisgo un*,' meddai Tracy, gan geisio cael ei ffrindiau i ddeall nad y wisg oedd y broblem, ond y ffaith mai hi oedd yr unig un yn y neuadd, yn y dref, yng Nghymru gyfan, mae'n siŵr, oedd yn gwisgo gwisg Gymreig y noson honno. *Dyna* oedd y broblem.

'Ddylen ni fod wedi gweud wrthot ti mai dim ond yn yr ysgol ry'n ni'n gwisgo'r wisg Gymreig,' meddai Bethan.

'Ond am nad oeddet ti'n gwisgo un yn yr ysgol wnaethon ni ddim meddwl y byddet ti'n gwisgo un heno,' meddai Nicola.

'Dere i ga'l cawl,' meddai Iola, a oedd bron â llwgu wrth weld pawb arall yn bwyta.

'Cawl?' gofynnodd Tracy.

'Ie, cawl cennin. Fe a' i i nôl peth i ti,'

meddai Iola, yn awyddus i gael peth ei hun. ‘Ma’n siŵr bod ’na ddysgl sbâr yn rhywle.’

‘Diolch,’ meddai Tracy, gan gydio yn ei het a dechrau troi’r ruban am ei bys.

Gwyddai Tracy mai ceisio codi ei chalon oedd ei ffrindiau, ond nid oedd hynny’n fawr o gysur iddi a hithau’n wahanol i bawb arall yn y neuadd. Roedd Tracy’n teimlo ei bod hi wastad yn wahanol i bawb arall, ac y byddai hi wastad yn wahanol i bawb arall. Ond roedd arni eisiau bod yr un fath â’r lleill. Weithiau roedd hi’n credu ei bod hi’n dod yn debyg iddyn nhw; yn dechrau cyfarwyddo â byw yng Nghymru ac yn dechrau dysgu mwy am y wlad oedd yn wahanol iawn i Loegr. Ond yna fe fyddai rhywbeth fel hyn yn digwydd. Ac fe fyddai’n teimlo ei bod ar y tu allan unwaith eto. A fyddai hi rywbryd yn teimlo ei bod hi’n perthyn?

Eisteddodd Tracy i lawr wrth y bwrdd. Nawr ei bod wedi tynnu ei het, nid oedd pawb yn edrych yn rhyfedd arni. A dim ond iddi aros yn llonydd yn y fan honno, fe fyddai pawb yn siŵr o anghofio ei bod hi wedi gwneud cawl o bethau. Cawl, meddyliodd, gan edrych ymlaen yn awchus amdano. Ond os mai dim ond bwyta cawl roedden nhw'n mynd i'w wneud yno, tybed pam roedden nhw'n galw'r noson yn 'twmpath'?

* * *

'Wyt ti isie'r tatws 'na?' gofynnodd Tecwyn Tomos i Alun.

'Odw!' cyfarthodd Alun a rhoi ei fraich chwith o gwmpas ei ddysgl er mwyn amddiffyn ei datws rhag ymosodiad ysglyfaethus Tecwyn Tomos.

Roedd Tecwyn Tomos fel rhyw grëyr yn bwyta popeth o fewn cyrraedd. Roedd eisoes wedi gofyn i Alun a oedd arno eisiau ei fara a'i gaws. Ac nid Alun oedd yr unig un roedd Tecwyn Tomos wedi bod yn ei boeni. Roedd gweddill bechgyn Blwyddyn 4 hefyd wedi cael eu holi'n dwll ganddo ynglŷn â'u bwyd ac roedden nhw i gyd – ar wahân i Elwyn a oedd mor sofft nes bod pawb yn cymryd mantais ohono – wedi dweud 'na' wrtho. Ond nid oedd dweud 'na' yn ddigon i atal Tecwyn Tomos rhag parhau i ofyn.

Yn ogystal â thatws, hanner rôl, a chaws Elwyn, roedd Tecwyn Tomos wedi cael dwy ddysglaid o gawl, tair rôl, a sawl llond dyrnaid o gaws. Roedd e hefyd wedi cael 'mwy na phump' pice ar y maen (mewn gwirionedd roedd Tecwyn Tomos wedi cael llawer iawn mwy na phum pice ar y maen, ond am mai'r rhif pump oedd ei hoff rif roedd unrhyw beth nad oedd yn bump union, naill ai'n 'llai na phump' neu'n 'fwy na phump'). Ond er gwaetha'r holl fwyd doedd Tecwyn Tomos yn dal ddim yn llawn.

Pwdodd Tecwyn Tomos am rai eiliadau ar ôl cael ei wrthod gan Alun, ond ni allai gadw'n ddistaw am amser hir i achub ei fywyd; yn enwedig pan oedd ganddo jôc i'w dweud.

'Pwy yw'r pêl-droediwr fydde'n hoffi bod 'ma heno?'

'O, NA!' ochneidiodd y bechgyn i gyd, gan eu bod wedi dioddef bron hanner awr o'i jôcs yn barod.

'O, IE!' meddai Tecwyn Tomos, a oedd yn rhy ifanc i sylweddoli nad chwarae gêm ac esgus nad oedden nhw am glywed y jôc oedd y bechgyn. 'Pwy yw'r pêl-droediwr fydde'n hoffi bod 'ma heno?'

'Dwi ddim yn gwbod,' meddai Elwyn, a oedd mor sofft nes bod pawb yn cymryd mantais ohono. 'Pwy yw'r pêl-droediwr fydde'n hoffi bod 'ma heno?'

'Andy Cawl,' meddai Tecwyn Tomos, ac fe chwarddodd nes bod ei fochau a'i fol yn crynu.

'Ha! Ha!' chwarddodd Elwyn hefyd. 'Ro'dd honna'n dda.'

'Beth?' meddai Colin, ond cyn iddo gael cyfle i'w ailadrodd yn anghrediniol, fe dorrodd Alun ar ei draws.

'Ry'n ni'n dal ddau enw'n brin ar gyfer y tîm.'

'Wyt ti wedi rhoi Guto Nyth Brân i lawr?' gofynnodd Steffan i Elwyn.

'Odw.'

'Ar yr asgell?'

'Ie.'

'Pwy yw'r pêl-droediwr sy wastad yn chwerthin?' gofynnodd Tecwyn Tomos.

'O, NA! DDIM UN ARALL ETO!' ochneidiodd pawb.

'O, IE! UN ARALL ETO!' gwaeddodd Tecwyn Tomos, a oedd yn hen gyfarwydd erbyn hyn â bechgyn Blwyddyn 4 yn esgus nad oedden nhw am glywed ei jôcs.

'Dwi ddim yn gwbod,' meddai Elwyn, yn gwenu'n barod. 'Pwy yw'r pêl-droediwr sy wastad yn chwerthin?'

'Ryan Gigls!' meddai Tecwyn Tomos.

'Ha! Ha!' chwarddodd Elwyn. 'Ro'dd honna'n dda.'

'Wyt ti'n gall?' gofynnodd Colin iddo'n syn. 'Ro'dd honna'n ofnadw.'

'Beth am Owain Lawgoch?' gofynnodd Owain, a oedd yn awyddus i gael aelod arall o'r enw Owain yn y tîm.

'Pwy o'dd e?' gofynnodd Huw, yn amheus iawn a oedd y fath berson wedi byw o gwbl.

'Ro'dd e'n perthyn i dywysogion Cymru ond ro'dd e'n ymladd ar ochr Ffrainc yn erbyn y Saeson,' meddai Owain. 'Lladdodd e nifer o Saeson. Dyna pam ro'n nhw'n ei alw'n Lawgoch.'

'Ar ochr Ffrainc?' gofynnodd Elwyn.

'Ie.'

'Ond ro'dd Jemeima Niclas yn erbyn Ffrainc. Allwn ni ddim ca'l y ddau yn y tîm,' protestiodd Elwyn.

'Paid bod yn sofft,' meddai Alun. 'Dim ond enwe ar bapur y'n nhw.'

'Beth am Huw Droed-ddu?' awgrymodd Huw.

'A phwy o'dd e?' gofynnodd Owain, yn amheus iawn bod Huw yn sydyn yn cynnig rhywun o'r enw Huw.

'Glöwr.'

'O, ie, ac ro'dd e'n gweithio mewn pwll glo ym *Morgannwg* siŵr o fod,' meddai Owain, yn fwy amheus fyth.

'O'dd.'

'Pam o'n nhw'n ei alw fe'n Droed-ddu?' gofynnodd Martin.

‘Am fod ei droed yn ddu, wrth gwrs,’ meddai Huw, yn synnu at dwpdra Martin. ‘Glöwr o’dd e!’

‘Dwi ddim yn dy gredu di,’ meddai Owain.

‘Sdim ots ’da fi os wyt ti’n fy nghredu i neu beidio,’ meddai Huw. ‘Ma’ fe’n wir. Ro’dd glöwr o’r enw Huw yn gweithio mewn pwll glo ym Morgannwg ac ro’dd ei droed e’n ddu.’

Ni allai un o’r lleill ddadlau â hyn. Fwy na thebyg *fod* yna löwr o’r enw Huw wedi bod yn gweithio mewn pwll glo ym Morgannwg, ond nid oedd Alun yn siŵr a oedd hynny’n ei wneud yn un o Enwogion Hanes Cymru.

‘Dwi ddim wedi clywed amdano fe,’ meddai Owain.

‘Na finne,’ meddai Steffan, ‘ond ma’ Datcu yn gweud bod unrhyw un sy’n gweithio mewn pwll glo yn arwr.’

‘O!’ ebychodd Alun. ‘Iawn. Ma’ Huw Droed-ddu yn aelod o’r tîm.’

Gwenodd Huw ar Owain.

Tynnodd Owain wyneb ar Huw.

‘Os na allwn ni ga’l Rachel *Noc Noc*,’ meddai Martin, ‘allwn ni ga’l Non?’

‘Cnoc, cnoc . . .’ meddai Tecwyn Tomos.

‘O, NA!’

Ond achubwyd y bechgyn rhag un arall o jôcs Tecwyn Tomos gan ymddangosiad Syr.

‘Iawn, fechgyn, mae angen help i glirio’r byrdde a’r cadeirie er mwyn i’r twmpath gael dechre.’

Ac am y tro cyntaf yn hanes y dosbarth, ufuddhaodd y bechgyn i gyd ar unwaith. Unrhyw beth i gael dianc oddi wrth jôcs Tecwyn Tomos.

‘Wyt ti’n mynd i helpu?’ gofynnodd Elwyn iddo.

‘Dwi’n diodde o asthma,’ atebodd Tecwyn Tomos. ‘Dwi ddim i fod i godi pwysau.’ Ac i ffwrdd ag ef i chwilio am ragor o bice ar y maen.

* * *

‘Odi’r twmpath wedi gorffen?’ gofynnodd Tracy pan welodd fod y byrddau a’r cadeiriau’n cael eu symud i ochr y neuadd.

‘Nagyw,’ meddai Bethan. ‘Nawr ma’r twmpath yn dechre.’

‘O,’ meddai Tracy. ‘Ro’n i’n meddwl ein bod ni wedi ca’l y twmpath.’

‘Na, y cawl o’dd hwnna. Ar ôl y cawl ry’n ni’n ca’l y twmpath.’

Ac o’r diwedd fe ofynnodd Tracy y cwestiwn oedd wedi bod yn ei phoeni ers peth amser. ‘Beth yw twmpath?’

‘Dawnsio,’ meddai Bethan.

‘Dawnsio,’ ailadroddodd Tracy’n druenus, a disgynnodd ei chalon unwaith eto wrth feddwl am bawb yn syllu arni yn ei gwisg Gymreig.

PENNOD 6

'Ry'n ni'n mynd i ga'l noson arbennig heno,' meddai Syr o'r llwyfan. 'Fe alla i ei deimlo yn fy . . . nghawl.'

Chwarddodd rhai o'r rhieni ac edrychodd mwyafrif y plant yn syn arnyn nhw.

'Mae hi'n mynd i fod yn wahanol, yn arbrofol, ond yn bwysicach fyth yn hwyl. Ond cyn i ni fwrw mla'n gyda'r hwyl, os allwn i eich atgoffa o'r raffl i godi arian ar gyfer llogi bws i fynd i Eisteddfod yr Urdd, a dweud pa mor ddiolchgar ry'n ni unwaith eto eleni i aelodau'r Pwyllgor Rhieni ac Athrawon am eu gwaith caled, a dwi'n gwbod y byddwch chi'n hoffi clywed am . . .'

Ond ni chlywodd y bobl ar lawr y neuadd beth oedd yr hyn fydden nhw wedi hoffi ei glywed, gan i'r gerddoriaeth a oedd wedi bod yn tyfu'n raddol yn y cefndir ffrwydro'n sydyn yn don fyddarol o ddrymiau a gitâr. Yna daeth llais Dewi Disgo Dewi o rywle yn glir uwchben yr holl sŵn.

'Dwi ddim isie gweld neb yn eistedd,' meddai, a'i lais yn swnio fel pe bai'n siarad o waelod bwced.

'Ry'ch chi yma i ddawnsio, ac mi rydw i'n mynd i neud yn siŵr fod pawb yn dawnsio. Mae'n Ddydd Gŵyl Dewi ym mhobman heddiw, o Fôn i Fynwy, o Ariannin i Awstralia.'

Ac wrth iddo orffen dweud 'Awstralia' newidiodd y gerddoriaeth, diffoddodd golau mawr y neuadd a dechreuodd y goleuadau lliw a oedd ar y llwyfan fflachio'n wyllt i guriad y gerddoriaeth.

Roedd yr holl sŵn a'r goleuadau'n gwibio yn arwydd i rai – y mamau a'r tadau yn bennaf – i gilio i'r gegin i ddechrau golchi'r dysglau cawl. Fel arfer câi'r pwyllgor drafferth i gael digon o wirfoddolwyr, ond eleni roedd y gegin yn orlawn ar unwaith.

Ond roedd eraill – y plant yn bennaf – am aros i ddawnsio. Roedden nhw wrth eu boddau gyda'r gerddoriaeth swnllyd a'r goleuadau'n melltennu ar draws y neuadd.

'AWSTRALIA!' gwaeddodd Bethan, gan ddechrau symud o gwmpas fel peth gwyllt.

'BETH?' gwaeddodd Iola, gan ddilyn Bethan o gwmpas y llawr.

Yng nghanol fflachiadau'r goleuadau gwelodd Alun Syr yn camu'n ofalus i gefn y llwyfan gan deimlo am yr agoriad yn y llenni. Ar ôl llawer o ymbalfalu fe ddaeth o hyd iddo. Tynnodd Syr y llenni naill ochr a diflannu o'r golwg. Ond cyn i'r llenni gau ar ei ôl, gwelodd Alun Mrs Gwynne-Puw wedi newid i'w ffrog dwmpath ac yn syllu'n wgus iawn ar Dewi Disgo Dewi.

Roedd Dewi Disgo Dewi wedi ymgolli'n llwyr yn y gerddoriaeth, ac yn dawnsio'n ôl ac ymlaen ar y llwyfan fel pe bai wedi bwrw'i fys bawd â morthwyl. Roedd symudiadau Iola yr un mor afreolus. Roedd fflachio'r goleuadau'n gwneud i'w symudiadau ymddangos yn herciog – yn union fel pe bai'n dawnsio i un o hen recordiau Mrs Gwynne-Puw.

'BETH WEDEST TI?' gwaeddodd ar ôl Bethan.

'AWSTRALIA!!' gwaeddodd Bethan yn uwch, ond nid oedd ganddi obaith Game Boy heb fatri o gael ei chlywed. Roedd Bethan yn hoff o gerddoriaeth roc; roedd ei hystafell wely y drws nesaf i ystafell wely ei brawd hŷn ac roedd e'n chwarae cerddoriaeth roc yn uchel iawn drwy'r amser, felly roedd Bethan yn ei chlywed hefyd. Y Manic Street Preachers oedd un o hoff grwpiau brawd Bethan, ac un o'u caneuon nhw roedd Dewi wedi ei dewis i ddechrau'r noson. Ond doedd Iola ddim yn gyfarwydd â'r Manic Street Preachers.

'BETH?' gwaeddodd Iola eto.

'AWS-TRA-LIA-GAN-Y-MAN-IC-STR-EE-T-PREA-CH-ERS!' gwaeddodd Bethan gan gau ei dwylo fel trwmped o gwmpas ei cheg.

'ALLA I DDIM DY GLYWED DI!' sgrechiodd Iola. 'MAE'R GERDDORIAETH YN RHY UCHEL! MAE'N GWNEUD I 'NGHOESE I GRYNU A 'MOLA I DROI!'

Pan oedd Iola ar hanner dweud 'MAE'N GWNEUD I 'NGHOESE I GRYNU A

'MOLA I DROI', fe orffennodd y gân yn sydyn ac fe glywodd y dawnswyr eraill i gyd hi'n dweud 'MAE'N GWNEUD I 'NGHOESE I GRYNU A 'MOLA I DROI'. Chwarddodd pawb a chochodd Iola fel siôl Jemeima Niclas. Ond cyn iddi gael amser i deimlo'n rhy letchwith fe ddechreuodd cân arall.

'O, IE!' gwaeddodd Bethan. 'SUPER FURRIES!' Ac fe ddechreuodd neidio o gwmpas unwaith eto fel rhywbeth rhwng hanner call a dwl. Roedd brawd Bethan yn chwarae caneuon y Super Furry Animals yn aml hefyd.

'BETH?' gwaeddodd Iola, gan ei dilyn o gwmpas y llawr unwaith eto.

Ac roedd nifer o blant Blwyddyn 4 yn ymddwyn yr un mor rhyfedd.

Safai'r merched eraill, gan gynnwys Tracy, mewn cylch yn wynebu ei gilydd. Chwifient eu breichiau uwch eu pennau a siglo'u coesau fel pe baen nhw'n trio ysgwyd corryn i ffwrdd. Roedd eu llygaid ar gau a'u pennau'n symud i fyny ac i lawr fel afalau mewn twba dŵr. Yna torrodd Carys a Nicola i ffwrdd oddi wrth y gweddill a dechrau gwibio,

DEWI SANT
SANT

neidio a gwneud rhai o'r symudiadau bale roedden nhw wedi eu dysgu yn nosbarth Miss Askew. Pan welodd Catrin hyn fe ddilynodd hi'r ddwy; nid oedd Catrin yn cael gwersi bale ond fe fyddai wedi hoffi eu cael gan ei bod yn meddwl ei bod yn ddawnswraig dda, naturiol.

Rhuthrodd y tair o gwmpas y neuadd fel dwy alarch (ac un hwyaden) gan wau'n osgeiddig (a lletchwith) heibio (ac i mewn) i'r dawnswyr eraill. Estynnai nifer o'r bechgyn eu coesau allan er mwyn baglu'r ddwy alarch (a'r un hwyaden) wrth iddynt basio, ond neidiai'r ddwy alarch drostynt yn ysgafn droed (tra disgynnai'r hwyaden yn drwm droed arnynt).

Roedd Anwen a Mair yn parhau i chwifio'u breichiau a siglo'u coesau, ond roedd Tracy wedi anghofio'i lletchwithdod yn llwyr ac yn ei mwynhau ei hun yn fawr. Cydiai yn ymylon ei ffrog frethyn a dawnsio cyfuniad o ddawns Wyddelig – roedd hi wedi ei gweld ar y teledu – a dawns law un o lwythau'r Americaniaid brodorol roedd Mrs Solomon wedi'i dysgu iddi. Ac er bod symudiadau'r ddawns hon eto yn debyg iawn i rywun a oedd wedi bwrw'i fys bawd â morthwyl, nid oedd Tracy'n becso dim a oedd rhywun yn ei gweld hi neu beidio.

Roedd Elwyn wedi ei gweld. Nid oedd ef yn dawnsio. Nid oedd ef am ddawnsio. Roedd wedi hoffi'r dawnsio gwerin roedden nhw wedi arfer ei gael, ac nid y dawnsio disgo dwl yma. Felly roedd wedi penderfynu protestio drwy beidio â chymryd rhan yn y gweithgareddau. Eisteddai ar un o'r cadeiriau ar bwys wal y neuadd a'r rhestr tîm pêl-droed yn gorffwys ar ei ben-glin. Os oedd hi'n well gan y bechgyn eraill wneud ffyliaid ohonynt eu hunain, yna roedd yn rhaid i Elwyn gymryd y cyfrifoldeb o gwblhau'r gwaith o ddewis y tîm – rhwng ciledrych ar Tracy i wneud yn siŵr ei bod hi'n iawn.

Gwneud ffyliaid ohonynt eu hunain neu beidio, roedd bechgyn Blwyddyn 4 yn eu mwynhau eu hunain mas draw. Ond yn wahanol i bawb arall a oedd yn dawnsio'n rhydd fel roedd pobl fel arfer yn dawnsio mewn disgo, roedd bechgyn Blwyddyn 4 yn dawnsio gwerin. Roedden nhw'n camu, croesi a phromenadio fel Dawnswyr Talog. Roedd y bechgyn yn cael cymaint o hwyl fel nad oedden nhw wedi sylwi ar Syr a Mr Morgan, athro Blwyddyn 6, yn eu gwylio'n fanwl iawn gyda golwg o'u cael i gystadlu ar y ddawns werin yn Eisteddfod yr Urdd.

Ac er gwaethaf ei asthma, roedd hyd yn oed Tecwyn Tomos yn cael amser gwych. Rhedai o gwmpas y lle a'i ddwylo yn yr awyr yn gweiddi, 'IIIIIIIIIIIIIEEEEEEE! IE! IE! IE!' Doedd dim rhythm, gosgeiddrwydd nac amrywiaeth yn perthyn i'w berfformiad, ond ni allai neb ei guro am frwdfrydedd.

Roedd Neuadd Teulu Morgan Bryn Bedw yn grochan berwedig llawn cynnwrf, sŵn a lliw. Ond pan oedd y cymysgedd ar fin berwi drosodd, fe dorrwyd ar y rhialtwch gan Mrs Gwynne-Puw yn brasgamu i ganol y llwyfan ac yn diffodd offer disgo Dewi Disgo Dewi ar hanner cân.

PENNOD 7

'Dwi erioed wedi clywed y fath hyrdi-gyrdi yn fy mywyd!'

Atseiniodd llais Mrs Gwynne-Puw drwy'r neuadd. Nid oedd angen microffon arni; clywai pawb hi'n glir. Pan ddechreuodd hi siarad, cododd ambell un a oedd wedi mwynhau'r gerddoriaeth roc uchel eu dwylo i guddio'u clustiau.

'Hei!' galwodd Dewi, gan redeg at y peiriant disgo.

'Peidiwch meiddio cyffwrdd â hwnna!' cyfarthodd Mrs Gwynne-Puw, gan ei sgwario'i hun rhwng Dewi a'r peiriant.

'Gwendolyn! Na!' gwaeddodd Mr Harris.

'Na, Herbert, peidiwch ymyrryd,' meddai Mrs Gwynne-Puw.

'Ie, Herbert,' meddai Dewi. 'Cadwa'n glir.'

Ond anwybyddodd Mr Harris gyngor y ddau.

'Dewi, ma' Mrs Gwynne-Puw yn . . .' meddai Mr Harris, gan gamu i ochr Dewi Disgo Dewi a rhoi ei law ar ei ysgwydd.

'Paid!' meddai Dewi, a oedd yn meddwl bod Mr Harris am ymosod arno. Trodd

Dewi'n sydyn gan daro yn erbyn y siopwr. Disgynnodd sbectol Mr Harris i'r llawr.

'Fy sbectol!' gwaeddodd Mr Harris, a oedd yn ddall fel coeden hebddyn nhw.

'Arhoswch lle rydych chi, Herbert!' gwaeddodd Mrs Gwynne-Puw. 'Peidiwch symud eich troed chw . . .'

CRYNSH!

Rhy hwyr! Roedd Herbert wedi symud ei droed chwith ac wedi sefyll ar ei sbectol.

'O, Herbert,' meddai Mrs Gwynne-Puw yn yr un llais ag y defnyddiai Miss pan ddwrdiai'r babanod am sarnu diod ar hyd yr ystafell ddosbarth.

Plygodd Mrs Gwynne-Puw i godi'r darnau gwydr.

Gwelodd Dewi ei gyfle i ailgynnau'r peiriant disgo. Estynnodd ei fys am y botwm. Caeodd llaw Mrs Gwynne-Puw fel gefel am ei arddwrn, ac mewn un symudiad arall roedd hi wedi troi ei fraich y tu ôl i'w gefn.

'Hei!' gwichiodd Dewi.

Cydiodd Mrs Gwynne-Puw ym mhen-ôl ei drowsus . . .

'HEI!'

. . . a'i godi uwch ei phen.

HEEEEEEIIIIIII!
DISCO DEWI
JAC JONES 97.

'Heeeeeeiiiiii!' sgrechiodd Dewi. 'Gadwch fi fynd!'

'Mewn munud,' meddai Mrs Gwynne-Puw, gan ddechrau troi a throi yn ei hunfan. Trodd Dewi hefyd, fel propelar hofrenydd uwch ei phen.

'O, na, plîs, na!' ymbiliodd Dewi pan welodd nenfwd y neuadd a'r holl oleuadau'n chwyrlïo heibio iddo. 'Dwi'n ca'l y bendroooooo!'

'Beth mae hi'n mynd i'w wneud ag e?' gofynnodd Syr i Mr Harris wrth iddo ei helpu i ffwrdd o'r llwyfan.

'Wel,' meddai Mr Harris, gan wisgo gweddillion ei sbectol, 'fe fydd hi'n ei droi a'i droi fel'na am rai munude hyd nes bydd e wedi colli pob synnwyr cyfeiriad.'

'Ond oni fydd Mrs Gwynne-Puw yn ca'l y bendro?'

'O, na. Ma' Gwendolyn wedi hen ddysgu sut i droi ei gwrthwynebydd uwch ei phen heb ddiodde o'r bendro ei hun. Dyna un o'r pethe cynta iddi'i ddysgu pan ddechreuodd hi ga'l gwersi jiwdo . . .'

'Gwersi jiwdo!' ebychodd Syr.

'. . . pan o'dd hi yn y fyddin.'

‘Yn y fyddin!’

‘Dyna beth ro’n i’n mynd i’w ddweud wrth Dewi ond ches i mo’r cyfle.’

‘O, na, na, plîs, na! O, na, na!’ galwai Dewi wrth fynd rownd a rownd.

Tynnodd Syr ei law ar draws ei dalcen. ‘Ac ar ôl iddi ei droi a’i droi am rai munude . . .’

‘. . . nes ei fod wedi colli pob synnwyr cyfeiriad.’

‘O, ie, wrth gwrs, nes ei fod wedi colli pob synnwyr cyfeiriad, fe fydd hi wedyn yn ei roi i lawr yn dawel ar y llawr, oni fydd hi?’ gofynnodd Syr yn obeithiol.

‘O, na,’ meddai Mr Harris. ‘Ar ôl iddi ei droi a’i droi nes ei fod wedi colli pob synnwyr cyfeiriad, wedyn fe fydd hi’n gadel iddo fynd . . .’

‘Gadel iddo fynd?’

‘Ie . . . O, ’co fe’n mynd nawr!’

‘AAAAAAAAAAAAAAAAAAAAAA!’

Roedd y dyrfa ar lawr y neuadd wedi gwylio’r digwyddiadau ar y llwyfan yn gegrwth ac yn ddistaw. Ond yr eiliad y gadawodd Dewi ddwylo Mrs Gwynne-Puw a hedfan uwch eu pennau fe ddeffrodd pawb a sgathru i bedwar ban byd yn union fel pe bai seren wib ar fin taro'r Ddaear. Doedd neb wedi gweld dim byd tebyg i hyn o'r blaen, hyd yn oed yn nyddiau Disgo Teithiol Mici Plwm.

CATRASSSHHH!

Disgynnodd Dewi ar lawr y neuadd. Rhuthrodd rhai o'r rhieni ato a'i helpu i godi ar goesau gwannach na choesau ebol newydd ei eni.

'Herbert!' galwodd Mrs Gwynne-Puw o'r llwyfan. Safai yno yn edrych yn union fel Jemeima Niclas ar ôl i fyddin Ffrainc daflu eu harfau i'r llawr ac ildio.

'Ie, Gwendolyn?'

'Fy recordiau, os gwelwch yn dda.'

'Ar y ffordd,' a brysiodd Mr Harris i ddadbacio'r offer twmpath.

Trodd Mrs Gwynne-Puw at y gynulleidfa.

'Iawn. Dwi eisiau pedair rhes, deuddeg ym mhob rhes, bachgen a merch am yn ail yn wynebu ei gilydd.'

Bron cyn iddi orffen siarad roedd pedair rhes unionach nag unrhyw beth roedd Brenhines Lloegr erioed wedi ei weld wedi ymffurfio ar lawr y neuadd.

'Dawns o sir Forgannwg yw'r ddawns gyntaf heno. Mae'n ddawns hawdd iawn i'w dysgu. Fe awn drwyddi unwaith. Iawn? Barod, Herbert?'

'Barod, Gwendolyn.'

Llanwyd y neuadd â sŵn acordian.

* * *

Yng nghornel pella'r neuadd eisteddai Elwyn. Roedd yn ysu am fynd i ymuno yn y dawnsio, ond cyn hynny roedd yna un peth roedd yn rhaid iddo ei wneud. O'i flaen, ar ei liniau, roedd darn o bapur a'r geiriau 'Tîm Enwogion Hanes Cymru' wedi eu hysgrifennu ar ei draws. Sugnai Elwyn ar y beiro yn ei law wrth iddo geisio penderfynu. O'r diwedd fe dynnodd linell drwy enw Harri Morgan ac yn ei le ysgrifennodd: MRS GWYNNE-PUW. Wedi'r cyfan, fel y dywedodd Alun, yr ymosodiad sy'n bwysig.